AF408789

أنين قلبي

اسم الكتاب: أنين قلبي

النوع: رسائل

تأليف: ندا طه

تصميم الغلاف: آية رمضان

التصحيح اللغوى: اميرة سعيد

التنسيق الداخلى: بدر صبحي

رقم الإيداع: 2023-10506

الترقيم الدولي I.S.B.N: 0-31-4418-977-978

جمهورية مصر العربية-القاهرة

مدير النشر: أحمد مكى   جهاد محمود

01142340175 – 01208209008

ahmedmakay79@gmail.com

المقدمة

أحب أن أخبرك بأنك قويًّا جدًّا، و أشكرك على شجاعتك في جميع المعارك التي خضتها وحدك، و لا يعلم عنها أحد أريد أن أخبرك أنك تستطيع أن تحقق أحلامك تستطيع أن تنجح و تفرح تستطيع أن تنتصر و تصبح أعظم و أجمل و أروع مِن أي شيء فقط كن على ثقة بأنك تستطيع، و عندما تصل إلى مرادك و تنظر إلى ما مضى ستعلم جيدًا أنك كنت الأقوى، و أن الأمر كان يستحق كل هذا العناء، و أتمنى أن لا تخسر نفسك في هذا الطريق فلا تبخل على نفسك ببعض كلمات الحب و الثناء علي نفسك؛ فأنت لا تحتاج لأحد كي يدعمك أنت دائمًا قادر على إسعاد نفسك، و أنت تعلم جيدًا ماذا تريد، وكيف تحقق ما تريد.

أبوح لك بحبي

كيف لي أن أخبرك بشعوري تجاهك كيف لي بأن أخبرك بأنني أراك بطل روايتي كيف لي أن أخبرك أنني عندما أسألك كيف حالك يكون قصدي أن أخبرك عن مدى حبي لك كيف أخبرك بأنني أعشق كل دقيقة تجمعني في حوار معك حتى وأنت تلقي عليَّ التحية تقع على قلبي، و كأنك تقول لي أحبك كيف لي أن أخبرك بأنني حين أكون معك يحتلني شخصًا آخر شخص سعيد، و يتوهج قلبي نورًا، و أنا في صحبتك فأنا يا سيدي شخص اعتاد القلق حتى امتدت جذوره في أدق تفاصيلي لم تبدأ لحظات الطمأنينة بالنسبة لي حتى ألتقيت بك، و كأن ما امتد بيني وبين القلق لسنوات انتهى، و بدأت حصتي من الطمأنينة معك من كان يصدق أن ينتهي القلق، و يأتي الوقت و يمتلئ قلبي

بالفراشات عند رؤيتك الآن أصبح قلبي مطمئن بك لم يعد يركع مهزومًا أمام ذكراه فأنت الاستثناء الوحيد لديَّ فأنا معك تجردت من غموضي سأكون غبية إن بحثت عن رجل آخر، و أنا بجانبك فأنا لن أجدك في شخص آخر أو بالأحرى لن أجد نفسي في أحد غيرك فأنا لن أجد رجلًا مثلك في حياتي، و لن أكون في تلك الحالة من لين و الهشاشة إلّا في وجودك أنت فالحب لا يأتي بالتمنيات إنما يأتي بالاستحقاقيات، و أنت استحقاقي الوحيد، و الآن سأقولها لك بكل ما أوتيت من قوة أنني أحبك حبًّا عظيم.

شفاء قلبي

- السلام عليكم و رحمة الله و بركاته

_و عليكم السلام و رحمة الله وبركاته، من معي

- أنسيت صوتي

_لا أفهمك ماذا تريدي

- حسنًا أنا فقط أتحدث إليك لمعرفة كيف حالك أشتقت إليك كثيرًا، كنت أمس أجلس وحدي أتذكر يومًا يشهد على تواجدنا سويًّا حينما كنا نتشاجر كنت أنا من أعشق أتذكر ابتسامتك، و تغازلك بي مداعبتك لي بما يسير غضبي بكاءنا، و مزاحنا و أيضًا أحتوائك لي عندما كنت أبكي هل ما زلت فاقد لنبرة صوتي!!

حسنًا لا تتحدث وددت فقط أن أطمئن عليك، و الحمد لله أنك بخير و سلامة يكفيني ذلك؛ لأكون بخير أريد منك التبسم في كل وقت، و أخبر قلبك بأنه يوجد قلب آخر ما زال ينبض لأجلك، و أن وقف هذا القلب فقلبك قادر علي الاستمرار أحبك يا من كنت لي الدنيا حينما رفضت الجميع ف رفضتني أنت في حفظ و رعاية الله..

_هل ما زلتي معي

أنا أيضًا أحبك، و لكن الفراق من ربح وافترقنا، و ما صار الدرب لنا فقد تقطع الفؤاد من بعدك يا صغيرتي ف بالله و تالله ما عشقت سواكِ، و لكن رغمًا عني افترقنا، و كانت روحي تتمزق وجعًا على فراقك

- و ما كان هناك سبيل إلّا الفراق، و تشتت الدرب أن قلبي معقود بك، و يشتاق لرؤياك ألم

يحن موعد قدومك إلى قلبي ف بالله و تالله لن تعشقك امرأة مثلي،

فلم تخلق امرأة بقلب قادر على تحمل كل ذاك الحب لك مثل قلبي فأنا أحببتك بقلب أم و طفلة و عاشقة أود فقط أن أختلس بعض اللحظات بجانبك، و أن استمع لصوتك العذب؛ كي أطفئ لهيب شوقي إليك فأنا متيمة ب حبك، و لا أرى غيرك حبيب وحدك فارس أحلامي، و أمير قلبي، و ملك عقلي فأنا أسيرت حبك مهما طال أنتظاري لك

_بلا حان الوقت يا أميرتي لتعودين فأنا أتلهف لأنظر إلى عيناكِ فهي تذيب قلبي و تغرقني في حبك مع كل نظرة أقع في عشقك مجددًا حان الوقت لسماع صوتك فهو كأنغام العود الشرقي يطرب مسمعي و وجداني، وليتني أستطيع أن أضعك بين ضلوعي هنا تمامًا بداخل قلبي الصغير

حتى يسمو بكِ يا عزيزتي فأنتِ عزيزة غالية؛ وكي يشعر بحجم جوهرته الذي يقتنيها، و لا يقوم بجرحها مجددًا.

- أما أنا سأظل في انتظار قدومك؛ لأفوز بك، و بقلبك و لتكون لي أماني ومأمني.

حب يحرق قلبي

ـ يا جبروت أطاح بفؤادي ليملأ قلبي بفرح و بهجة كسحابة تطوف فوق سماء الأرض أجمع يا جبرًا سكنت به روحي من آلام الحياة يا من هواها أعزني و أغناني عن نساء الأرض دقت ساعات الفرح وكل جميل قد حان حان وقت العوض و الإلتئام فقد عشقتك من قبل أن ألقاكِ، و صرتي لقلبي وتينًا بعد رؤياكِ يا عكازي في الأزمات يا حضن أرتوي به فؤادي يا نجمة اعتلت سماء روحي بالأنس فأصبحتِ لي الملاذ فقد وصلتي بي حد الكمال، ولم يعد لي مكانًا أمن غير قلبك قد حان وقت الاكتمال؛ كي أكتمل بنصفي الذي طالما دعوت الله أن يجمعني به .

ـ أسمع يا من هزم جبروتي و أهتز بقربه أوتار قلبي يا من ناديت بك ربي ليال و نهار يا دعوه امتلأت بها سجادتي في كل صلاة لطالما أفجعتني ليلًا، و أذهبت النوم عن جفوني لأعوام فعندما أحببتك أصبحت لي البسمة الحلوة و السعادة التي كنت أتمناها من الله، و أعطاني إياها، و لا أود أن يحرمني منها، و لا أود أن يبعدني عنك شئ يا من جعلتني أعيش في الحب الذي كنت أرفضه فأصبحت الآن أدعوا الله أن يرزقني بك شرعًا وقانونًا؛ كي أستطيع أن أحبك في كل وقت، و في كل مكان و حتى يأذن الله لنا فأنا أحبك في كل زمان يا من عشقه قلبي.

عالمي السري

_مرحبًا بك في عالمي من داخل روايتي

- أتسأل كيف ستأخذينني معك إلى عالمك

_سألتني إن كنت أحبك فأنا أحبك لا أعلم

ربما لأنني أشعر، و كأنني ظفرت بك، و بنفسي في ذات الوقت؛ لأنني حطمت كل ما حولي من حواجز كي أصل إليك أحببتك؛ لأن الحياة قد غابت عني سنوات طويلة حتى جئت لي بها أحببتك؛ لأنك كنت ملجأي الدائم، و كنت لي صدفة انتشلتني من عتمتي و وحدتي إلى نور الحياة فأنا لم أحبك؛ لأنك الأجمل بل أحببتك؛ لأنك نصف روحي، وكل قلبي أحببتك بإصرار غريب قد يحتاج إلى سنوات طويلة في علاقات أخرى؛ ليكون بهذا الحجم فأنا ملأت بك أيامي فأنت

لمست قلبي بطريقه لم يفعلها أحد غيرك أحببتك؛ لأنك اليقين الوحيد في حياتي؛ لأنك الملجأ الآمن وسط كل أفكار السوداوية أنا كنت وحدي و أعتقدت أني سأظل كذلك إلى الأبد فكنت إمرأة لا تعرف الخسارة كنت أظنني ربحت نفسي من زيف هذا العالم حتى أتيت لي أنت فأصبحت أتقبل الخسارة إن كانت بين أحضانك؛ و لأنك جئت في وقت كنت أرفض به الحب أحببتك أكثر مما ينبغي .

_أنا أيضًا أحببتك حد الجنون أحببتك؛ لأنكِ ملاكي الحارس؛ و لأنك تزرعي في داخلي الابتسامة؛ لأنكِ تنفردين بذاتك لا تشبهين أحدًا آخر؛ فأنا تستقر روحي حين تخبريني أنكِ معي و بجانبي إلى الأبد أحببتك، و كآنكي كل آمالي في الحياة أحبك؛ لأنكِ صدفتي الحلوة؛ لأنكِ ملئتِ حياتي بالسعادة

والراحة؛ لأن في عيونك أمان، وكأنها تشبه القمر فابتسامتك تعيد لقلبي الحياة أحببتك؛ لأن تفاصيل حياتك تدهشني من بساطتها، ومن رغم بساطتك إلّا أنكِ تأثرين روحي؛ فأنا أريد أن أعيش معك تلك التفاصيل البسيطة المليئة بالحب والدفء.

عزيز قلبي

يا عزيزي لا تغادرني لا تغادر هذا القلب الذي أحبك بصدق فأنا غايتي ألّا أقضي حياتي إلا، و أنا بجانبك، وفي كنفك وليتك ترى ما بداخل قلبي لتعلم من يسكن الفؤاد ليتك بجواري فتروي أشواقي ليتك أمامي؛ ليهدأ جناني ليتني بجوارك فاحتضنك بداخلي،و بين أضلعي كل يوم يزداد حنيني، و شوقي إليك، و كأنك تنير روحي فأنت كنت شعاع النور الذي أنار ظلمتي، و أقسم بأني امتلأت بك حبًّا للحد الذي لم يعد في قلبي متسعًا لغيرك أقسم أن قلبي لا يريد غيرك، و لا يريد إلّا قربك فقد ضاق به الطريق بدونك أقسم أنك شقيق الروح، و أن القلب لقربك مشتاق ليتك تعلم أنني أتمنى أن تكون سندي، و رفيق دربي و أن أرافقك إلى نهاية الطريق، و نظل سويّا إلى

أن نفنى ليتك تعلم أن عشقي لك يزداد أن القلب بدونك لا ينبض، و لا حياة لي بدونك، و أن العين لا ترى سواك، و القلب لا يهوى سواك، و النبض لك، و العشق لك، و أنا و قلبي و عشقي لك إلى الأبد فأنا كلي لك و منك وإليك، و أنت سيد قلبي، و لك قلبي، و عشقي الذي لا ينتهي فأنا الآن أقف بيني و بينك أنا التي كنت أناديك دائمًا ب يا أنا فمن العدل أن تكون نصفي الآخر فأنا لا أستطيع التخلص منك، و لا الوقف عندك كرجل غريب لم يكن له في قلبي مكان، فأنا لست قوية كفاية لإكمال الطريق بدونك؛ فأنا دائمًا بحاجة إليك، و بحاجة لدعمك، و حبك لي، و لا أنا بالمستسلمة التي ستقف متحملة كل تلك الآلام لفقدك؛ فأنا أحبك، و أنت الاستثناء الوحيد في حياتي أنت لست عاديًا كبقيتهم أنت تسكن أعمق مكانًا في قلبي فأنا قادرة على إخراج الكلمات من صدري، و لكني غير قادرة على إخراجك أنت من قلبي أنت

هنا تمامًا عالق في صدري، و بين ثنايا قلبي؛ فأنا أجدك دومًا معي أراك دائمًا ترافقني في طريقي الصعب، و تشاركني ظلامي فأن قلبي لا يعرف الخوف بجانبك؛ فأنا لم أشعر بالأمان إلّا بجوارك، وفي حضنك الدافئ؛ فأنا لا أنجو منك، و أنت اختياري الأول والأخير.

حبيب قلبي

أحببتك جدًّا بالطريقة الوحيدة التي عرفت بها الحب قبل أن أتعلم أن أخفي مشاعري أحببتك في منتصف أيامي السيئة، وفي ازدحام يومي، و بين جميع أفكاري كنت أنت الفكرة الوحيدة التي أتمسك بطرفها لأنجو أحببتك؛ لأنك الضوء في ظلمة طريقي؛ لأنك الفكرة الآمنة التي تطرأ على عقلي في كل مرة ينتابني الشعور بالخوف أحبك؛ لأنك اليقين بين طيات الشك؛ لأنك الشخص المناسب لروحي؛ و لأنني أشعر دائمًا بأنني وجدت بك كل ما أرغب به وكل ما أُحبه، و لن تعلم أبدًا إلى أي مدى أحبك و لك من نفسي أكثر مما أنا منها و إلى الأبد سأظل أريدك مهما افتعلت مشاجرات و حتى عندما أرى أسوأ ما فيك خيرك وشرك جنونك و غضبك هروبك و تعلقك حنانك

و همجيتك و إلى الأبد سأظل أريدك و بنفس الشدة التي أنا عليها الآن فأنا أريد أن أبقي معك إلى أمد بعيد أن أبقي هكذا أحبك و بجانبك طيلة عمري و أدعو الله دائمًا أن لا يحرمني من ضحكتك و لا يحرمني من نبرة صوتك الحنونة و أن يجعلك معقود بمستقبلي و أكمله بوجودك معي و أدعو الله أن يديمك لي شمس تشرق أيامي.

حب منذ الصغر

أنا أحبك لدرجه أنني لا أجد لغيرك مكان على عرش قلبي حتى أنني أراك في كل مكان في حياتي طيفك يلاحقني منذ صغري أينما ذهبت يكون معي كالقمر مضيء في سمائي، و لكني لا أريدك مثل القمر فكلما كنت أحاول إلحاق به كان يبتعد عني و يهرب مني فأنا أريدك كما أنت بكل جمال فيك أريدك معي حقيقة لا حلم و لا نجمة تهرب مني أريدك أنت أريد أن أمضي في الحياة و أنا بجانبك أن أتنعم في حنانك و بقربك أريد أن نتجول أمام العالم، و يدي في يدك، و لا يمنعنا خوف، و لا أحد أريدك بجانبي في كل خطواتي أن تشاركني أكثر أيامي حزنًا وسعادة، أريد أن أقاسمك في حزنك أنت تلقي عليَّ بما يثقل قلبك فأنا أحبك كما أنت أدعم أفكارك و أعشق تفاصيلك حتى عيوبك و

نواقصك فأنا دائمًا سأكون هنا حتى في أكثر أوقاتك ظلامًا و حتى تمردك عليَّ لن أمنعه سأمسك بيدك إلى آخر الطريق، و أمنحك كل ما تحتاجه من استعدادٍ لتكمل هذا الطريق فأنا أحبك و أريد منك أن تحبني، و لا أريدك أن تفني كيانك فأنا أعلم أن تيار الحياة قاسي عليك وبشدة، و لكني هنا دائمًا بجانبك و ستجدني في انتظارك دائمًا.

ملاكي

رأيتك ملاك فأسكنتك قلبي أحببتك ففهمت معنى أن يخفق قلبي، وأنا التي كنت ضد الحب، و لكني حين اكتشفتك كل

الأمور تغيرت أصبح في سمائي بدرًا ثانيًا أصبحت أراك حيث لا أرى غيرك لا أعرف كيف أصف لك شعوري فأنك لا تفهم معنى أن تسكن قلبي بدون أي مجهود منك أنت تسكن ذاك القلب الحاقد على الحب وحكاياته، أنت لا تعلم أن حديثي معك فقط يكفي لشفاء كل أوجاعي؛ فأنا في كل مرة أحدثك فيها أقع في عشقك مجددًا أكره الوقت الذي لا أرتوي فيه من صوتك، فأنك تصل إلى أعماق قلبي دون أن تخطو إليه، و هذا ما يرعبني كأنك أقسمت على احتلال قلبي فأنت واقعي وخيالي، وكل أحلامي أنت رفيقي، وحبيبي، و لا أعز

منك لقلبي، و لا أريد سواك نظرتي لك فريدة فأنت أصبحت أماني و مأمني فيا من شعرت معه أنني غارقة في الحب الآن أعلنها فأنا أحبك عهدًا، و أحبك وعدًا، و أحبك صدقًا، أحبك حتى تنتهي بي الحياة، و أنا على قيد حبك، و لكني لا أعلم حقيقة شعورك تجاهي، و لكني أتمنى أن تبادلني ذات الشعور؛ لأنك يقيني و شخصي المفضل

حب يقلقني

أكثر ما يقلقني أن يتغير شعورك تجاهي، و أن تبتعد عني أن أبحث عنك في كل الأماكن التي اعتدنا الذهاب إليها، و لا أجدك أن لا يتحقق أي شيء مما حلمنا به معًا أخشى أن تكون أنت أكبر خيباتي، و تتركني عالقة هنا غير قادرة على التجاوز و التخلي عن كل هذه الذكريات التي أنشأنها بحب أخشى أن تثبت لي أن شعوري تجاهك كان مجرد وهم، و أنني أخطأت عندما صدقت وعودك بالأبدية أخشى عدم تواجدك بقربي دائمًا، و بعدك عني أيام طويلة أخشى أن ترفضني أنت فيرفضني العالم أخشى أن أمضي، و أنا مجبره على مرافقة أحد غيرك في طريقي أخشى إجبار نفسي على التناسي، و أن أظهر للعامة أنني بخير، و أنني قد تجاوزتك، و أنا بداخلي انهيار تام و الاكتئاب

ينهش قلبي و تكون أنت هناك لا تهتم لأمري و تستمتع مع أخرى فأنا أتمنى أنا لا أبتعد عنك، و أن ينتهي العالم، و أنت هنا بجانبي فأنا لا أشعر بحلاوة الحياة إلّا بجوارك أنت فأنت استعمرتني بطريقه لا أفهمها حتى الآن، و لكني أخشى هجرك لي، و أصبح هذا كابوس يطاردني فإن نكون معًا في كل اللحظات بنفس الحب و الطمأنينة هذا كل ما أوده و أطمع به لا أريد سوى أن أكون في أعمق مكان في قلبك أن يكون حبك لي حبًا أبديًا لا يبدله الوقت، و لا تمحيه تلك الأزمات العابرة، و أن لا تحب أحد سوايًا فأنا لديَّ قلب قلق طيلة الوقت يود أن تمنحه الأمان بأنك لن تضل وجهته أبدًا، و أنك ستعود دائمًا إلى هذا القلب الذي لم يعرف معنى الحب إلّا بجانبك فأنت ملجأي الدفيء دائمًا وأبدًا، و أني لا أرى غيرك، و كأنك آخر الرجال على كوكبي.

رسالتي الأخيرة

هذه آخر كلماتي التي أرسلها إليك، و يؤسفني جدًّا أن ينتهي بنا الأمر بهذه الطريقة فأنا كنت أتمنى أن أمضي ما تبقى من حياتي معك و برفقتك لكنك فقدت رونقك، و جعلتني أفقد دهشتي بك و انطفأت رغبتي بك رغم أنني كنت أتمنى أن تدوم طويلًا وسعيت؛ كي أحافظ على وجودك بحياتي حاولت طوال أيامي معك ألّا تصبح كما أنت الآن مجرد شخص عابرًا في حياتي حاولت دائمًا ألا تكون كأي شخص آخر لم يتعمق بداخل قلبي لم يلمسني من الداخل، و لكنك لم تأبه لمحاولاتي فأنت كنت تخطف أنفاسي عندما أسمع صوتك فقط، و لكن الآن أصبحت أختنق عند سماع صوتك لا أعلم لماذا أوصلتني لهذا الحد من الآلام فقلبي لم يعد يتحملك، ولم أنسي تلك المرة التي

قمت فيها بكسر خاطري لم أتوقع يومًا أنك ستصل بي إلى هذه النهاية المؤلمة، و أنك ستكون سبب تحطيم قلبي فأنت أصبت قلبي بمر الدنيا جعلتني غير قادرة على تحمل شيء آخر أفقدتني ثقتي بالجميع، حتى بنفسي أنت لا تعرف كم مرة بكيت ليلًا وحدي لا تعرف كم أعاني لأظهر متزنة أمام الجميع أن أظهر أنني لم أتأثر بفراقك، و أنه كان فراقًا عاديًا، و أنه قد زال أثره من قلبي، و أنا في داخلي يحترق بسبب فراقك في داخلي صرخات عارمة، و لكنها مكتومة تحرقني من الداخل فقط، و لكن عزائي الوحيد أنني لم أعد في تلك المنطقة الرمادية مجددًا الآن أصبحت أعلم حالي معك جيدًا لم تعد تلاحقني الظنون، ولم أعد أسعى للحفاظ عليك.

أعتذر لقلبي

أنا آسفة؛ لأنني أحببتك لدرجة أنني في أتم الاستعداد على التضحية من أجلك؛ لأنني تركت من يحبني و اخترتك أنت؛ لأنني خنت من حولي و وثقت بك؛ لأنني أفتقدك، و وقعت بلعنة الاشتياق، و أنت منشغل عني أنا أسفه لنفسي التي جعلتها تعيش ما لا يحق لها عيشه، و كأنك قد أقسمت أن تذيقني أشد أنواع الآلام فجعلتني أتعلق بك حد الموت، ثم حين وثقت أنني أصبحت أذوب بك عشقًا رحلت و تركتني أحمل أشلاء قلبي من خذلانك لي هكذا ففي كل مرة تتركني لبشاعة تخمين مكانتي لديك ينكسر شيئًا في داخلي تجاهك فقد أصبحت أقف على عتبة محادثتك أقرر أن أرسل لك مئات الرسائل، ثم أجدني في النهاية أفضل الصمت و أن لا أبوح لك

عما في قلبي الآن أصبحت لا أريدك أن تحلق معي هذه المره أعد لي سمائي صافية و خالية من أي حزن فقد أصابني الحزن علي نفسي التي كنت ألومها كل يوم؛ لأنها لا تستطيع إرضائك؛ و لأني كنت أفعل كل شيء لأجلك، و كان لا يهمني أمري فأنا حزينة على نفسي التي أهلكتها من فرط التفكير، ولم أصل إلى سبيل النجاة منك، و لكني الآن تحررت منك و من قيودك المكبلة بقلبي ولم أعد أشتهي وجودك لم أعد أريدك لم أعد ألتفت إليك عندما تمر بجانبي ولم تعد رائحة عطرك تلفت انتباهي تلاشيت من حياتي كالخدش الصغير الذي ينتهي أثره بسرعة لا أُخفي عليك بأنك تركت أثرًا سيئًا في حياتي، و لكن لا بأس سأتجاوزه مثلما تجاوزتك، و سينتهي مثلما انتهيت أنت من عالمي.

حزنًا يحرقني

_هل أنت بحاجة للبكاء؟!

- لا

_و لماذا أرى هذا الدمع في عيناك .

-إذا أنت تريد أن تسمع ما يحزنني حقًّا

فأنا شخص ممل و منطوي لا أملك مجالًا لأنجح به بلا أنا شخص فاشل، و لا يمكنني الوثوق بالبشر من حولي، و لا أفضل التواجد بالقرب منهم أمشي وحدي في طريق مملوء بالصراعات أشعر أحيانًا بأنني أحتاج للانهيار أحتاج أن أُخرج كل ما بداخلي أشعر بأنني منهك و ممتلئ بالحزن و الخذلان.

_و لكن الله هنا يا رفيقي يعلم كل ما بداخلك هون عليك و رفقًا بقلبك فأن الله دائمًا سندًا لعباده .

- أعلم و مؤمن بوجود الله بجواري، و لكن الأمر تخطي قدرة عقلي الصغير علي فهم كل هذا، و لكني دومًا ما أنهزم أمام ما يحدث لي أشعر دائمًا برغبة في الهروب، الهروب من الجميع، و أصرخ أصرخ كثيرًا حتى يخرج كل ما بداخلي من خيبة، و لكني أظن أن هذا الشعور بالفشل و الهزيمة شعور أزلي لن يفارقني؛ فأنا أصبحت لا أسأل متى سينتهي هذا الحزن، و لكني أصبحت أسأل بأي حزن سأشعر بعد أظن أنني عيشت كل مشاعر الحزن التي قد يشعر به أحد فأنا هنا قد ماتت روحي قبل أنا يموت جسدي فالاكتئاب قد نهش قلبي حتي فارق الحياة فكيف لي أن أكمل، و أنا هنا حطام إنسان.

_ كيف لك أن تحتفظ بكل هذا بداخلك دون أن تتكلم

ـعندما تدرك أنه لا سبيل للنجاة ستعلم أنه لا جدواي من العويل، و ستبدأ مشاعرك بالجمود حتى تفقدها للأبد، و ستكمل حياتك منتظر، وكنك لا تعلم ماذا تنتظر فأنت في أساس الأمر لا تعلم لماذا أنت هنا لماذا أنت تحديدًا حكم عليك أن تكون هنا وسط كل هذه المعارك دون أن يشعر بك أحد أن تحاول شرح ما بك، و لكن لا أحد يسمعك.

طريق غير مكتمل

_ماذا بك

_لم يعد لديَّ القدرة على إكمال الطريق .

- لماذا ماذا حدث

_ذلك بسببي أنا.

- كيف؟

_أنا لا أجدني هنا أنني ممتلئ هناك شيء يضغط على صدري و يخنقني يشل حركتي يشعرني برغبة عارمة في البكاء دون توقف هناك شيء ما في قلبي شيء يشبه الغصة نعم إنها غصة في قلبي تؤلمني كثيرًا و تفقدني حلاوة الأيام هناك خوف غريب كنت أحاول أن أفر منه كل هذه الفترة، و لكنه تمكن مني و سيطر على عقلي لم يعد لديَّ القدرة

على التجاوز حتي لم يعد لديَّ القدرة على النداء؛ ليساعدني أحد، و لا لديَّ القدرة لأصغي لأحاديثهم أو تفهم أفكارهم الغريبة لم أعد أخطط لأحلامي الوردية، مستقبلي المشرق بلا كل هذا أصبح رمادًا أصبحت منهك نفسيًّا وجسديًّا، وكأني فارغ من الداخل لا أعتقد أن كل هذا أمر طبيعي الحدوث لمن هم مثلي لمن كانوا يشعون نورًا، و لكني ما زلت أحمل أثر خيباتي المتتالية

- و لكن يمكنك التجاوز .

_التجاوز دائمًا يحتاج إلى محارب قوي، و أنا حتى قوتي لم تعد تسعفني على تجاوز كل ما في داخلي ربما؛ لأني و للمرة المليون أمضي في الدرب الخطأ ربما هذه المرة الموقف أكبر مما أستطيع تحمله يؤسفني أن كل هذا حدث يؤسفني أن قوتي لا تكفي لتغير أي شيء حان الآن تقبل الأمر و الاستسلام لما أنا فيه.

فقدت شغفي

ـبماذا يشعر الإنسان عندما يفقد شغفه

- الأمر أشبه بأن ينتهي كل شيء فجأة أن يتساوي بنظرك كل شيء أن لا يصبح باستطاعتك فعل أي شيء الآن الإنسان لا يفقد شغفه إلّا وقد أنتظر أمرًا ما حتى أحرق الانتظار قلبه أن يريد أمرًا ما أن يستيقظ و يجد نفسه ليس هو يفقد بريقه و صوته الشجي في كل الأماكن أن يفقد أصدقائه، و لكنه ليس قادر على الحديث معاهم، و يفقد روحه التي تبدلت و أن يسعى إليه بكل الطرق، و ما عاد يستطيع المحاولة مرة أخرى فيعيش في أيام باهتة رمادية لا يعرف متى سيتجاوز هذا الفقد، و يأكل قلبه الكتمان و تضطره الحياة على إتخاذ قرارات يرفضها، و لكنه مجبر عليها و يبدأ

في السعي من جديد، و لكن السعي وراء أشياء أخرى غير التي يرغب بها قلبه فتتجمد مشاعره، و يفقد رغباته الشخصية في سبيل أن تستمر الحياة بأقل خسائر ممكنة و حتى ينجو بنفسه لآخر الطريق، و لكنه عندما يصل سيجد أن ما نجا به هو هو حطام نفسه، و بقايا قلبه الذي تحطم عندما خسر نفسه و فقد شغفه.

فاقد الشعور

_ماذا بك!

- لا أعلم و لكني أشعر بضيق بداخلي

_و ما سبب هذا الضيق

- لا أعرف من أين إبداء لكن بداخلي الكثير من الآلام فالحياة مؤلمة فأنا أصبحت في صراع دائم لا أعرف نهايته أشعر، و كأن بداخلي ضجيج لم أعد أحتمل كل هذه الأفكار العابثة التي تأكل قلبي فأنا أصبحت أشعر بقلبي ينبض، و لكن دون روحي أريد أن أكون في مكان خالي من البشر فقد أصبح كل شيء بلا معنى أصبحت أكره نفسي، و الناس من حولي، و أتساءل كيف وصل بي الحال إلى هنا كيف أصبحت هذا الإنسان الذي لا شعور له فأنا لما أعتاد علي نفسي هكذا أشعر، و كأني ضائع

أصبحت الوساوس تقهر روحي، و حتى البكاء تخلى عني، و لا أستطيع أن أذرف و لو دمعة واحدة.

_و لكن الله هنا يا رفيقي يعلم كل ما بداخلك، و قادر علي تغير حالك هون عليك و رفقًا بقلبك .

- أعلم و هذا ما يمنعني عن فكرة الانتحار لأنني أريد الحصول علي نهاية جيدة بعد انتهاء كل هذا الصراع فأنا أنتظر تدخل الله ليعطيني نهاية بهون بها كل هذا الخراب الذي بداخلي؛ فأنا لا يهمني عناء الطريق ما دام لطف الله ينتظرني، و ما يهون عليا كل هذا العناء أن الله يعلم ما بداخلي.

استسلام قهري

الآن قد بائت كل محاولاتي في إصلاح نفسي بالفشل فقد استنزفت مني كل طاقتي، ولم يعد لي مخرج غير الاستسلام لما أنا فيه فقد أصبح بداخلي الكثير من الآلام فالحياة مؤلمة جدًّا فأنا أصبحت في صراع دائم لا أعرف نهايته أشعر، و كأن بداخلي بركان ثائر و ضجيج لم أعد أحتمل كل هذه الأفكار العبثية التي تأكل قلبي فأنا أصبحت أشعر بقلبي ينبض، و لكن دون روحي أريد أن أكون في مكان خالي من البشر فقد أصبح كل شيء بلا معنى أصبحت أكره نفسي و الناس من حولي و أتساءل كيف وصل بي الحال إلى هنا كيف أصبحت هذا الإنسان الذي لا شعور له فأنا لم أعتد على نفسي هكذا أشعر، و كأني ضائع أصبحت الوساوس تقهر روحي، و حتى البكاء

تخلى عني، ولم أعد أستطيع أن أذرف و لو دمعة واحدة، و أصبح البرد يزداد في قلبي؛ لأنني أنتظر طيلة الوقت، و لا أدرى ما الذي سيأتيني كان قلبي مملوء بالتوقعات اللامتناهية، و لكنني لم أحصل إلّا على خيبات متتالية فأنا لم أعد أقدر على الصمود في تلك الحياة.

سماء الخوف

ـ ماذا بك لماذا وجهك شاحب فيما أنت شارد

- لا شيء سوى أني أتوق إلى التحرر من هذا الجسد، و أن أطوف في السماء أن أجد ما يعبر عن هويتي فأنا عقلي دائمًا مزدحم بالأحديث، و لكني لا أقدر علي التعبير هذا الأمر الذي يمزقني يمزق كل ما هو بداخلي من شعور .

ـ و لكنك لم تكن هكذا من قبل

- نعم

ـ و ماذا حدث لتصبح هكذا

- عندما تتوالى الخيبات عليك يا صاحِ ستنطفئ كل الألوان في عيناك سيصبح كل شيء صعب عليك حتى أنك تقف أمام المرآة، و لن

تعرف نفسك ستكون غريب عنك ستجد قلبك ينبض بضعف ستكون غير قادر علي التنفس ستجد جسدك بالكامل يتألم سينتابك رغبة عارمة في البكاء، البكاء بحرقة، و لا تعلم ما سبب كل هذا ثم ستتذكر نفسك من قبل و تشفق على حالك الآن ستصبح أنت و نفسك غريبان عن بعضكما، و لن يروق لكما التواجد معًا، و يصبح الأمر كحمة عنيفة تطرح جسدك أرضًا؛ كي لا تقدر علي الوقوف مجددًا

لماذا تنظر لي بدهشة؟ !

- أنا فقط لا أفهم كيف لك أن تتحمل كل هذا .

_أتعلم يا رفيقي هذه المرة الأولي في حياتي التي يصغي آليا أحد ثمة من يصغي لثرثرتي، يحاول أن يفهم ما كسر بداخلي؛ فأنا أكاد أجن من ما في

داخلي، و ما عاد بوسعي تحمل كل تلك الجمرات، وهي تحرق قلبي فأنا أريد أن أرى العالم

بلا تشويش بعد الآن أن أقدر علي الاستمتاع بقهوتي التي فقدت طعمها منذ زمن فأنا أريد من يطوقني بذراعيه بعناية، و يحملني بين ثنايا قلبه برفق خوفًا عليَّ من أن أنكسر أنا في حاجه لمن يحارب معي حزني من يبقي بجانبي لنخرج معًا من كل هذا الظلام.

اكتئاب مرضي

_لما أنت وحيدًا هكذا لماذا لا تسمح لأحد بالاقتراب منك؟!

- لأنهم يتهموني بالاكتئاب

_هذه هي الحقيقة يا صاحِ فأنت منعزل عن الجميع

- و لكن لم يهتم أحد، و لو قليلًا لمعرفة السبب .

_إذًا و ما السبب

- إنه صراع بداخلي أتعلم أنه أسوء شعور أن تشعر أنك تحمل همومًا ليست لك تواجه تحديات ليست مناسبه لسنك أن تشعر أن

الحياة قد أرهقتك و أنك لا تقدر على الاستمرار أن تجد صعوبة في أن تحصل على ما تتمنى.

_و لكن هذه هي الحياة فنحن لا نحصل على ما نريد من المحاولة الأولى .

- نعم أعلم أنه الواقع، و لا مفر منه و لكني حاولت عشرات المرات بلا مئات المرات، ولم أصل، و كأني حرمت من لذة الوصول قد أصبت بلعنة الفقد أن أفقد كل ما تمنيت، وكل من أحببت فأنا أتألم ينكسر فؤادي في كل مرة أخسر بها حلمي .

_اهدأ و خذ قسط من الراحة .

- كيف لي إن أرتاح، و أنا لا أنجو من التفكير كيف، و أنا محاط بالخسارة و الفشل

_ألهذا الحد أرهقتك الحياة

- نعم أرهقتني و بشده كل ما أعود إليها بهزيمتي و فشلي ينفطر قلبي و تتشقق روحي من الألم فإن النوم أبى أن يأتي ليتركني في حربي مع نفسي فأبحث عن ما يلهيني عن حزني، و لكني لا أملك فأظل أتألم كوني أتلهف للوداع، و لكني لا أريد الموت، و أنا حزين أنا أريد أن أموت، و أنا لا أشعر بتهشم قلبي هكذا أريد أن أحصل على قسطًا من السعادة أولًا أن أرى حلمي قد تحقق و أتذوق شعور الانتصار فأنا رغم سني إلّا أنني قد واجهت أكثر مما أستحق لا أعلم لماذا كل هذه الخيبات تلاحقني فأنا أمر بأيام مؤلمة جدًّا تجعلني أتمنى أن لا أستيقظ مجددًا؛ لكي لا أواجه فشلي، و لكني أستحق أن أشعر بالانتصار، و لو لمرة واحدة فهذه هي معاناتي يا صديقي، و لهذا أبتعد عن الجميع فلا أملك ما أشاركهم به فأنا لا أملك سوى خيباتي وأحزاني   .

مرارة الفقد

ـ هل ثمة أبدية لكائنات مثلنا تعاني من الفقد كلما حاولت أن تصارع على البقاء اشتدت برودة الفقد في قلبها.

- حسنًا البرد يزداد، و الفقد يزداد؛ لأنك طول الوقت تنتظر، و لا تدرك ما الذي سيأتيك مملوء بالتوقعات اللامتناهية، و لكنك لا تحاول الوصول إلى ما تريد أنت فقط تنتظر أن يحدث لك شيء، تتجول عيناك طوال الوقت ربما تنجح في التقاط شيء، و لكن سيفوتك كل شيء أن لم تقتلع ما تريد بيديك من هذه الحياة يجب أن تقف بصمود في تلك الحياة؛ كي تقدر على الوصول فلا تهدر حياتك في الانتظار، و عندما تسأل نفسك ما الذي تنتظره ستنسى ذلك على الفور بل عليك أن تتعلم كيف تحارب من أجل

الوصول لما تريد أن تصمد في وجه كل التحديات التي ستواجهك، و أن لا تنهزم أمام مشاعرك أن تستعد كل صباح لمواجهة الحياة، و أن تقفل باب قلبك لمن أراد دخوله، و أن تنتزع ذاك الصوت من عقلك الذي يخبرك بأنك لا تستطيع، و تركض نحو تحقيق حلمك، و أنت مليء باليقين أنك حين تتوقف ستحصل على كل ما أردت، و ستنعم بما حققت من نجاحات باهرة؛ لأنك تستحق أن تحتفي بذاتك.

سجين الخوف

كيف يستطيع الإنسان أن يهرب من أشياء تركض في رأسه طوال الوقت كيف يمكنه التخلص من ذلك الشعور الدائم بالخوف، و عدم الأمان كيف يمكنه أن يتخلص من ذلك الصوت الذي يتكرر مرارًا و تكرارًا في رأسه أن لا تغادر ذلك البيت، و لا تغادر سريرك ف حتى إذا هما بالخروج شعر، و كأن أحدهم قيد قدمه في هذه الحجرة السوداء التي تمتلئ بكل أحزانه، و يشعر و كأنه وسط الجحيم ينتظر من يمد له يد العون ليخرجه من ما هو فيه، و لكن لم ينتشله أحد من أحزانه، ولم ينتبه له أحد لم ينتبه أصدقائه إلى عيناه المرهقة، و وجهه الشاحب بل انتبهوا لتغيره، و برودة حديثه لم يكن أحد بجانبه حتى في أصغر هزائمه لم يلتفت أحد إلى المعارك التي يخوضها كل يوم،

و هو فقط يتمنى لو يمر الليل بهدوء دون أي معركة جديدة دون خوف يفترس قلبه، و يقتل براءته التي كانت تطغى على وجهه يتمنى أن يتحرر من هذا الجسد البالي الذي يعاني من كدمات إثر قلقه و حروبه مع حزنه، و تخيل قتل نفسه كل ليلة بطريقه مختلفة، وفي غاية القسوة فقد يريد أي طريقة؛ لتحرره من كل هذا الخراب الذي في نفسه، و لا يعلم أحد عنه فأنه يمتلك ماضي حزين للغاية، ولم يقدر علي التحدث عن كل ما مر به من سوء هو فقط يريد عناقًا طويلًا من أحدهم حتى يعود بخير كل ما يطلبه أن يتقبله أحدهم بصمته، و لا يعاتبه بأنه تائه لا يعلم وجهته بل يكون هو وجهته التي يحارب للوصل إليها يكون بجانبه في تلك المتاهة التي تسرق أيامه.

حب وهمي

ظننت أن الظاهر أمامي هو ما يكمن بالداخل، و إن حبك لي حقيقي دون أدنى شك، و لكن ما أخذته في المقابل كان بمثابة مفاجأة صادمة لي، فإن الرؤية لم تكن سوى سراب أوهمني بأنه واقع، و لكن في النهاية أثبت لي أنه لم يكن سوى سراب

أين صورتك التي رسمتها في عقلي أين هي طيبتك الصادقة المحببة لقلبي لماذا فعلت بي كل ذلك، و لماذا جعلت تفكيري بك وهمًا، و أنت في المقابل سراب لقد تبخر كل شيء و تبخرت معه أحلامي التي رسمتك أنت لها بطلًا عظيمًا لقد تبخرت لمعة عيناي و أصبحت دموعي هابطة تعزل الرؤية عنك، ولم تعد سوى مجرد سراب فارحل كما شئت وعد كما أردت ففي النهاية أنت كنت و الآن أصبحت مجرد عابر في إحدى روايتي فلقد

أغرقت دموعي بصيرتي ناحيتك، ولم أعد أراك فأمضي أمامي من جديد، و لكن هذه المرة سترى أنك لست موجود بعالمي حينها ستدرك أنك لست سوى سراب لست سوى فراغ؛ و لا وجود له لأنه عدم .

ألم الفراق

أتعلم لم أكن أتوقع أبدًا أن هذا الشعور سيراودني يومًا يا صاح فقد كنت معتزلة الحب وحكاياته؛ كي لا أتألم، و لكنك اقتحمت عالمي، و علقتني بوجودك، و إذ فجأة أصعق من انسحابك فتبًا لك، و تبًا لقلبك لماذا فعلت هذا بي لماذا هربت من عالمي بعد أن علقتني بك، و بوجودك لماذا زدت جراحي هل لأني أحببتك أم لأنني أعتنيت بك أم لأنني أظهرت لك مدى سعادتي بك أو لأني بوحت لك بجميع أسراري، و أخبرتك أنني أخاف من فقدك، و لا أستطيع العيش بدونك أنت لست أول من يدخل حياتي، و يفسدها و يولي مسرعًا أعتدت الأمر، و لكني لم أتوقعه منك فأنت كنت وجهتي الآمنة، و يا ليتني أوصدت قلبي أمامك لا أستطيع إدراك كيف قدرت على الرحيل، و أن

تدير ظهرك لي، و ترحل هكذا هل أنا قبيحة إلى هذا لحد حتى تبتعد عني.

روحي منهدمة

لكنك لا تعلم شيئًا عن أيام، و خطوات مضت و مضى معها جزء من روحي، و قلبي لا تعلم شيئًا عن بكائي المستمر لم يكن بكاء ضعف غير أنه بكاء شخصًا صادق كان يقبل مهرولًا بكل حب إلى أن صفع على وجهه مرة واحدة من ذاك الذي أحبه بكل صدق قولت لك أنه ينبغي على المرء أن يكون قويًا،و ألا يهزم ببضع كلمات عابرة، لكنك هزمتني بقسوة كلماتك التي لا تنسي، و أثرها لا يمحي لطالما أخبرتك كثيرًا بأن كلمة عابرة بإمكانها أن تحطمني تمامًا صدقني أنا شخص كثيرًا ما يبغض الصراعات، و لا يراهن خشية أن يهزم لكن تأتي الرياح بما لا تشتهي السفن بكل أسف لم يبرأ الجرح، ولم يندمل، و بكل أسف، و لأول مرة أنا لست هنا هنيئًا لأي شخصٍ بك و هنيئا لقلبي

المحطم بالسلام لا شيء يضاهي عصرة القلب، و
أنا أعي تمامًا عمق ما أتحدث عنه. شخص مثلي لا
يجيد التخلي، و فجأة يجد نفسه مجبرًا على ذلك،
و ما أن فعل ذلك لا ينجو أيضًا بكل أسف أنا لا
زلت هنا هوت بي السبل، و ضللت الطريق، و
باءت محاولاتي بالفشل لم يبرأ جرحي بعد شعور
أشبه بشعور طفل فقد أشيائه المفضلة لا يعي
عقله أنه ثمة أشياء نحبها تفقدها هو فقط يريد
أشيائه يبكي ليلًا و نهارًا لأجلها، و لكن بكل خيبة
أمل أشيائه المفضلة لا تريده ربما ستزعجك
كلامتي البسيطة، و لكنك تعلم أني لا أقوى علي
إخفاء الشعور كأني شخص أصيبت عينيه
بقطعة زجاج؛ و لأنه مبتور اليدين يقف حائرًا ربما
لن نلتقي في العمر مرة أخرى، و لكن لم يغادرني
طيفك، و لا حتى تفاصيلك البسيطة أنا لم أتعافى،
و قسوة الشعور تكفي .

طعنت قلبي

لقد تعثر الطريق أمامي جئت لي عندما كان بداخلي الكثير من الآلام النفسية، و غدرت بهذا القلب المتألم الذي أحبك بصدق أتعلم عندما كنت وحيدة ساكنة في ذلك الظلام، و دموعي تنهمر على وجنتي كل ليلة كنت أحيانًا أفكر بالانتحار، و لكن جئت أنت في اللحظة الحاسمة التي كنت سأترك فيها هذه الحياة المؤلمة جئت لتزهر حياتي و قلبي جعلتني أعشقك، و أعود لتلك الحياة بقلب متفائل بوجودك، ثم طعنت قلبي بخنجر الغدر و جعلته ينزف بغزارة جعلتني أتحسر على حالي، و أقول لماذا يا الله كل هذا الوجع لقد جعلت قلبي يتفتت إلى أشلاء صغيرة، وعدت مرة أخرى مهزومة عدت لتلك المرحلة لا أبالي لشيء .

صداقة خالدة

-أتدري لماذا أنا معك دائمًا يا صديقي

_لماذا!

- لأنك الوحيد من تفهمني تفهم خوفي المرضي من الناس تفهم عزلتي الأيام أو ربما لأشهر أنت الوحيد من تفهم نوبات غضبي العارمة التي تنتابني أنت من أحس بوجعي حتي عندما كنت أضحك، و أظهر مدى سعادتي تفهمت سر صمتي، و عدم قدرتي على الكلام ربما؛ لأني لم أجد من الكلمات ما يوصف مدى الخراب النفسي بداخلي وحدك تفهمت، و قبلت بي هكذا حتى عندما رفضني الجميع .

_صديقي يكفيني من الدنيا وجودك هنا بجاني مهما كنت تحمل من السوء أطنانًا يكفيني

‏ابتسامتك، و حسن صحبتك فأنا أعلم أن ما بداخلك كان رغمًا عنك، و أنها هي الدنيا سرقت فرحتك، و أخذت الأيام تصفعك حتى أصبحت منطوي على نفسك هكذا، و لكن رغم كل هذا فأنا من فاز بصحبتك

‏- إذًا عدني أنك لا تمل من كآبتي وصمتي الدائم، و أنك ستظل بجواري حتى نشيب سويًّا.

‏_أعدك يا خليلي أن لا نفترق أبدًا، و أن هذه الأيام لا تقدر على تحطيم صداقتنا، و أن كتفي سيظل ثابت هنا بجانبك حتى أن ملت أنت سندك هو، و أنني أتحملك يا صديقي حتى أن أصبحت جمرة تحرق أعماق قلبي .

رسالة أمان

_كيف حالك يا صديقي؟!

أتمنى أن تكون بخير، و أن لا تتعرض لأي من الخذلان الذي تعرضت أنا إليه في حياتك أتمنى أن لا تعاني في حياتك كثيرًا مثلي أتمني أن لا تمر بتلك المعاناة الصامتة المؤلمة التي تشعرك بتشقق قلبك، و أن لا تقضي الليالي وحدك، و أنت في حاجة لمن يضمد جراحك، و يهتم لأمرك، و أن تيأس من توقف تلك الطعنات المؤلمة في صدرك، و أن تسيطر عليك فكرة أنك ستظل وحدك في تلك المتاهة القاتلة أخشى أن تكبر عن عمرك، و أنت سجين أوجاعك أن تشعر أنك تريد الصراخ؛ و لا تقدر لأن لا أحد يرغب بسماعك، و أن تضيق بك الليالي، و لا تعلم لمن تذهب حينها فقط يا صديقي يجب أن تأتي لي؛ لأنني عشت كل

هذه المعاناة، و أعلم جيداً ماذا يحتاج المرء في هذا الوقت، و سيكون قلبي هو الملجأ الآمن لك من تلك الحياة القاسية.

حبك بداخلي

لا أعتقد أن نسيانك شيئًا قد يمكن حدوثه قط أنا على ثقة تامة من ذلك الأمر حتى، و إن فقدت ذاكرتي بمجرد سماع أسمك أو استنشاق عطرك سأتذكر كل شيء يتعلق بك فهذا يتعلق بقلبي، و ليس بعقلي بتاتًا ف ذاكرة القلوب لا تُفقد أبدًا مهما حدث لا ينسى المرء شيئًا لامس قلبه، و أنت لم تلامس قلبي فحسب بل إنك تسكن في الداخل هناك، و يا من تسكن قلبي أنت تنقص أيامي، و قضاء الوقت من دونك جعلني أشعر حقًّا، و كأني جسدًا خاليًا من المشاعر لا يصلح حتى للعلاقات العابرة، و ها ذا أنا ذا مكتظة بك مزدحمة بآثارك المنقوشة على جدار قلبي بعد كل الأحاديث التي كنت تتركها؛ ثم ترحل لتبقي هي خير برهان علي وجودك في تاريخي، و تركت لي بقايا ملامحك التي

تنعكس في وجه كل من أصادف، و صوتك الذي يتردد في مسمعي، و يرسل الأمان إلى قلبي، و ملابسي التي تحتفظ بأثر رائحة عطرك و التفاتتك الأخيرة لي التي لما تغادر عقلي و قلبي كيف لي أن أنساك، وكل هذه الذكريات محفورة في قلبي .

أمان الحب

لا تفلت يدي في يديك تعني لي كوطن شعر بالأمان بعد عقود من استنزاف الاحتلال لحريته لا تفلت يدي أبدًا فصغيرتك لا تقدر علي مواجهة شرور الحياة دون مساندتك فوحدك حينما تمسك يدي يضحك عالمي الكئيب، و تحلق الفراشات، و تملأ صدري فرحًا حينها أشعر بالاطمئنان تام، وسكينة، و أنا التي ألفت القلق و الخوف فأخبرني أي قوة تملكها حتى تستطيع جعلي فراشة تحلق بارتياح، و أمان أي نوع من الحب غمرتني به حتي أنسي من أكون فور رؤيتك لا أدري كيف أصف شعوري تجاهك لا أدري كيف أخبرك بأنني أغرق كلما نظرت لعينيك كلما تظاهرت بالثبات؛ كي لا تلاحظ غرقي فأراك تهدم ثباتي عندما تقل لي أحبك حينها أغرق من جديد ف عندها أشعر كأني

أمتلك العالم، و أسكنه وحدي لا أعلم بأي طريقة أخبرك بها عما بداخلي فلا تقدر الحروف على وصف ما بداخلي، لكن عيناي تخبرك كل شيء، فهي دائمة الإفصاح فعندما رأتك عيناي لأول مرة هام قلبي بك عشقًا و حبًا بعدما تاب عن الحب، و أقسم أن لا يهدر نبضه منه لأحد فأي نوع من السحر ألقيت على قلبي حتى تجرأ على مخالفة القسم ماذا فعلت بقلبي حتى يجعلك أعز من أي شخص في حياتي حتي أعز من نفسي أي نوع من الأمان ضممتني به حتى تجعلني طفلة مدللة، و مشاكسه ومتنعمة، و تارة أخرى تجعلني أمًّا تهاب اشتداد الريح على طفلها، و تسعى لحمايته قدر الإمكان لا أدري ماذا فعلت بي لكن ما أعلمه جيدًا هو أنني أصبحت بك متيمة ذلك التيم الذي يجبرني على أن أحبك وحدك دونهم ،التيم الذي يجبرني على أن أكون فارغة من كل شيء غيرك فأنت الشعور العميق المركون في صدري، ولم

يصل إليه أحد الشعور الذي لا يمحى، و لا ينسى مني أنت الفرحة التي لا تتوقف عن الاستقرار بداخلي رغم كل شيء فأنا لا أعرف إلا حبك، و لا أدل إلا على وجهتك و الطريق الذي يؤدي إليك.

ليالي حزني

حين يأتي الليل، و أغدو وحيدة متكئة إلى شرفتي أشكو، و أنظر إلى النجوم مثل كل ليلة، و لكن هذه ليلة كانت مختلفة عن الليالي لسابقه رأيت النجوم تلمع تحت ستار الليل، و كأنها تلمع تحت ستار قلبي، و رأيت القمر يعكس ضوء الشمس، و كأنه يعكس حزني حتى أراه في عيني على هيئة سهام ضوئية، و لكن هذه السهام لم تكن سوى شهب في السماء تسير تحت ستار حبي، و آمالي البالية يا لها من ليلة رائعة أصبحت تعكس كل ما بداخلي على هيئة كون رائع أصبت عندما قلت أنها ليلة مختلفة فهي ليلة تحت ظل القمر، فأشكو له كل ما بي من أوجاع فحتى السماء تشاطرني حزني، و تبكي معي فتنبثق الأمطار على نافذتي، و كأنها حبات اللؤلؤ لم أشعر بشيء سوى

تدفق الذكريات وسيل الدموع على وجنتي أتذكر حنين الماضي أتذكر كل شيء، و بنحيب قلب أقول ليتك هنا ليتك بجانبي؛ لأخبرك عن شوقي و حنيني لك ليتك هنا لأخبرك كم عانيت من بعدك كم أحببت قلبًا لم يحبني بتاتًا ليتك هنا لأعلم منك لماذا تركتني لماذا تركتني في قسوة التخمين و التساؤل فأنا كل ليلة أبكي، و أبكي و الآلام تتدفق من قلبي، و الحزن جاء ليتألق في عيني أبكي، و أتذكر أوقاتي معك، و لحظات وجعي أبكي على من جعلني أصدق أوهامي أبكي على الكثير، والكثير، و أسائل كيف جعلتني أصل إلى هنا كيف جعلت قلبي جامد لا شعور له، و أنا التي كنت أفيض بالحب و اللين كيف لي أن أسامحك، و أذيتك لي كانت هي شرارة وصولي لتلك المرحلة فقد أصبحت جسدًا دون روح دون قلب دون حياة .

حتى نلتقي

أيا كان الوقت الذي ستقرأ فيه رسالتي أتمنى ألا يصبح لونك باهتًا، و أن لا يصبك سم الاعتياد أتمنى من الله أن تكون بخير، و أن تظل كما عهدتني تقاوم و تتجاوز دعنا نجعل هذا اتفاق بيننا حسنًا. أبتسم من أجلي لا تحزن أبدًا فلا يجدر بك التذمر فأنا أريدك بخير فربما في مكان ما في عالم آخر على نفس الأرض أو ربما على غيرها ربما ألتقيك بنفس هيئتك أو ربما غيرها لا أعلم، و لا أريدك أن تعلم ربما في زمان غير زماننا هذا في وقت أفضل من ذي قبل أن لم يكتب لن لقاء الدنيا ربما يكتب لنا عمرًا آخر في الجنة ربما، و ربما لا يكتب أنا حقًّا لا أدري ما أدريه بحق هو أن عقلي قبل قلبي طالب بأن أحبك، و نادي بحياة تعاش لك وحدك وبك، و بدون حرية اختيار لي لبي قلبي النداء و جاءك حبًّا فيك لا رهبة منك فأصبحت تحبك. جوارحي تجالسك روحي حتى

قبل أن ألتقيك أنا لا أدري لما، و لكنني ذبت فيك حبًّا وهيمًا، فلا يهمني نهاية الأمر بقدر ما تهمني حياتي معك. فأنا و إن لم يبدو لك الأمر جليلًا أحب المكوث قربك، و معك أحبك حتى، و أنا لا أعلم كيف تبدو ملامحك لا أعرف اسمك، و لا عمرك، و لكني أحبك، و أنتظرك أود منك أن تحافظ على سعادتك، و أن لا تحزن قط حتى نلتقي .

حزن يفترس قلبي

تبلور الحزن بداخلي الآن كل يوم تزداد أوجاعي تزداد نغزات قلبي المتتالية بدأ قلبي يتراجع عن العيش لا أدري متى سوف أقف على قدماي، و أعود بخير مرة أخرى، و أنهض أمام الجميع، و لكن سيطرت عليا الهزيمة، و أصبحت شخصًا مختلف تمامًا عما سبق أشعر بالحزن الشديد في داخلي، و كأن الحزن أصاب كل مكان في جسدي أشعر بقلبي ينفطر من الآلام دون أن يشعر به أحد يناديني أن أغيثه، و لكني بالمقابل أقف أشبه بصنم لا يتحرك صنم متجرد من كل شيء هو فقط ينظر في الفراغ دون أن يتحرك أصبحت أشبه بجسد هامد بلا روح تسكنه أشعر أن بداخلي نار لا تبرد، و هذا على عكس ظاهري الهادئ يوجد بداخلي الكثير من الصراخ، و لكن لساني عاجز عن التكلم، و كأنه قد أُصيب بالشلل

أشعر، و كأن الكون يدور لا أعلم أهو الكون حقًّا أم أنه رأسي المُلقى بعشوائية يوجد بداخله أشياء يصعب شرحها، و لكن هذا لا يهم فستكون النهاية هي نفسها تلك التي تكررت مئات المرات أُغلق باب غرفتي، و أفترش ذلك السرير في الزاوية فأنا أصبحت حبيسة غرفتي دائمًا أفكر فيما حدث، و فيما سيحدث لا أستطيع السيطرة على أفكاري، و لا أقدر على منعها، و قلبي أصبح رمادًا؛ حيث لا شيء هنا بخير الحياة لا تبتسم لي يومًا كأني عدو لها، وكل ما حدث لي مر علي قلبي تاركًا إياه يحترق.

بكاء لا ينتهي

كم أمقت شعور العودة للنقطة الصفر تكرار المعركة، و كأني لم أخضها من قبل الشعور بأني أبدأ الكره من أولها، و أعود من حيث بدأت كلما تقدمت خطوتين، و ظننت بهما أني أفلحت رجعتهما ثلاث خطوات تماما كالذي أنقطعت أنفاسه في صعود السلم، ثم وجد نفسه فجأة على الدرجة الأولي من جديد لا يعرف متى، وكيف ولما و أين كان وعيه حين هبط السلم بإرادته، و من خدر العزيمة فيه أمقت تخلفي عما كنت عليه في الأمس فأنا أمتلك نوعًا من أنواع الفوبيا و هو مهابة عدم الوصول، و ما يزيد الحسرة هو الشعور بضياع الوقت و العمر التي كان المفترض أن تكون مزهرة و مليئة بالإنجازات، و لكنني أتقدم وأتقدم، ثم أعود إلى نقطة الصفر منتكسًا خائبًا، و ها أنا للمرة المليون أنهزم باكيًا على عدم وصولي لأي

شيء فأنا لم أصل إلى أي شيء أريده قط، لم أحصل على أي شيء من هذه الدنيا فأنا لم أحصل على لعبتي التي أريدها، ولم ألتحق بالجامعة التي أريدها، ولم أشتري الفستان الذي كنت أتمناه، و أصدقائي لم يفاجئوني في يوم ميلادي و شخصي المفضل تركني، و رحل مع أخرى؛ لأنها تتمتع بالحيوية و الشغف فأنا كل الأشياء التي أحبها لا أنالها فالسعادة ترفض زيارتي، و لا يمكن لأحد أن يفهم معنى العيش هكذا إن تعتاد على عدم حصولك على أي شيء تريده حتى أنك تصبح تخاف من تمني أي شيء مجددًا حتى لا تعاني من مرارة فقده، و يلازمك شعور الخيبة، و الأسف على نفسك وقلبك.

فقدت رغبتي بك

لم أعد أنتظرك هناك شيء بداخلي انطفاء نحوك اقتنعت أخيرًا أننا لن نلتقي، و لن نسير معًا في نفس الطريق كنت أظن أنني حين أقدم لك كل ما بداخلي سأنال تقديرك وحبك، و إن اهتمامي كلما زاد ازدادت محبتك لي، و تضحياتي ستكبر في عيناك، و لكن ازداد تجاهلك، و استهتارك بي و تضحياتي رغم إنها عظيمة إلا أنها سارت رمادًا؛ لذلك انتهى طريقي معك، و ها أنا الآن أقف أمامك، ولم يهتز لي رمش، و الآن فقط أدركت بأني لم أعد أحبك لم أعد تلك الفتاة الذي تركتها تبكي، و رحلت دون أن تنظر خلفك لقد أصبحت بالنسبة لي مثل الهواء أتعلم الهواء له فائدة عنك أعدك سيأتي يوم أخر ستراني فيه أنت تعرفني، و أنا لا أعرف من تكون كما خلفت بوعدك أنا أيضًا كسرت كل وعودي منذ ذلك اليوم الذي تأذت به

كرامتي قد أسامحك علي ألم قلبي؛ لأن أحدهم قد داوي جرحي الذي تركته، و لكن عند كرامتي فسلامًا عليك كأنك لم تخلق كنت أرضي بالقليل منك دائمًا، لكنك لم ترض بكثيري فقد كسرتني دون رحمة لا أريدك أن تقرأ حديثي، و لا يهمني أمرك بعد اليوم فقد رحلت كأني لم أكن يومًا شيء يخصك، و ها أنا رحلت أيضًا ستتعذب أنت بعذابي كل تلك الليالي بخوفي من أن أقترب إلى أحدهم بسببك بدموعي التي لا تجف من عيناي أما الآن فقد أخذ أحدهم مكانك أتدري لم يكن مكانك يومًا؛ لأنك لم تصونه، و لو للحظة فلا تطلب الرجوع إليه، و الآن سأتركك تتعذب أيامًا، و ليالي ثمن ما فعلته بي.

حروب قلبي

ـ كفاكِ بكاءً، وهل خلق الحزن لهاتان العينان! كيف تبكي حزنًا يا حلوتي، وكل من اقترب منكِ أضاء؟!

- و لماذا لا أحزن، و أنا أذكر أنني كنت بالحياة أبعث السرور في وجه كل من يقابلني أذكر أن قلبي كان كحديقة كبيرة بها ورود، و أزهار كثيرة أذكر أن فراشات روحي كانت تحلق فرحة بين أشجاري تلهوي

ـ إذًا و ماذا حدث و أين اختفت فراشاتك .

- لا أدري هل نفقت أم قتلت، و لا أدري من الفاعل أو من السبب لكن ما أعلمه هو أن بداية الأمر كان بذبول عدة أزهار لم يتسبب بها سوى من أمنتهم عليها بدأوا بزهرة الثقة، ثم زهرة

الحب، ثم تبعتهم زهرة الأمان التي كانت بداية انهياري، و بداية فراغي، و تحول أرضي، و حدائقي إلى غابات مهجورة لم تبق زهوري على حالها تدهورت ألوانها جفت أنهاري، و غربت شمسي، و عم الظلام جميع أنحاء قلبي و روحي رحلت عن سمائ الفراشات، و احتلت أرضي الذئاب، و تحولت سهولي إلي صحراء، وحطام، ولم يعد هناك زهور إلا زهرة الصبار اغتصبت الذئاب أرضي، و أخذت تنهش في أعماقي، ولم يترددوا ثانية لسماع آهاتي بل ازدادوا، و إزداد أنين قلبي حتى ذهب كل ما هو جميل بداخلي عم الخراب، و صار كل شيء أسود اللون.

ـ إذًا حاولي احتوائها حاولي أن تعيدي أرضك، و تحيي فراشاتك من جديد .

- ما زلت أحاول، و لكني عجزت عن التغير فأنا لا أقدر على مواجهة كل ما حدث .

ـ بلا يا صغيرتي تقدرين فمن المؤكد أن سمائك ستعود صافية تحلق بها الفراشات، و تعود حدائق قلبك مزهرة فلم تخلقي لهذا الحزن أبدًا بل خلقتي؛ لتشعي نورًا تهدي به كل من ضل السبيل سيأتي ذاك الفارس قريبًا؛ ليحرر قلبك من قيود الحزن، و حتى إن لم يأتي هو ف أنتي قادرة على الصمود و الدفاع عن هذا القلب الجوهري، و سيعود قلبك يبرق من جديد.

رسالة من أعماق قلبي

لست خائفة من الصمت

أنا أتكلم دائمًا هناك صراع كبير بداخلي لا أحد يشعر به إلّا أنا، وعضوين غبيين لا أدري أي واحد منها على حق فأنا أوشكت على الهلاك والتلاشي شيئًا فشيئًا فما مررت به من ضغوطات، وصعوبات كاد أن يفتك بي حتى انعكاسي بالمرآة أصبح يتلاشاني، وأصبح لون طيفي أسود مثل الحياة السوداوية التي عانيت منها بكل تفاصيلها، وأول هذه التفاصيل هي شعوري دائمًا بأنني شخص غير مرغوب فيه من جميع الناس لا أذكر بأن هناك شخص مد لي يد العون؛ لينتشلني من كل هذا السواد الذي أصاب روحي لا أدري إلى متى سأظل أعاني من كل هذا أريد أن أُنهي حياتي؛ لأتخلص من كل هذه الندوب التي في داخلي فلا

أقوى على التحمل لقد نفذت قواي، و أصبت بالضعف، و أنتظر اللحظة التي أودع فيها كل هذه الأوجاع، و الضغوطات جميعهم ينظرون لي بخوف و حذر

لا يتحدثون إليَّ، و إذا تحدثوا سخروا مني.

يبتعدون عني كأنني وحش مخيف.

لا صديق، و لا حبيب لديَّ

فأنا الضعيف الكئيب المنطوي على ذاته.

فالجميع تغير لم يعد أحدًا كالسابق أبدًا جميعهم أقوال فقط، و إنما الأفعال دائمًا تظهر كل شيء فكيف لم يلاحظ أحدكم أنني في أسوأ أيامي كيف تركتموني في وحدتي هكذا فبرغم عدم تعابير وجهي و لامبالاتي فكان قلبي يحترق كنت دائمًا أشعر بغصة في صدري كان بداخلي بركان ينتظر

حدوث شيء صغير؛ لينفجر في كل من حوله فكانت دموعي تنهمر كل ليلة على وسادتي تلك التي شاطرتني جوف الليل المظلم كيف لم تلاحظوا ذلك السواد على وجهي، و كأنني أتعاطى الممنوعات كيف انخدعتم في وجه المهرج ذاك الذي كنت ارتديه؛ لأخفي آثار حزني كيف يمكنكم إخباري بمدى حبكم لي برغم عدم اهتمام أحدكم لأمري كيف لقلبي أن يتقبل وجودك بعد كل هذا.

الخاتمة

لا أريد سوى أن ألمس أعمق مكان بقلبك أن أقدر
على التعبير بكل ما تشعر به من حزن وحب أو قلق
أن أشرح لحظات يأسك وانكسارك، و أن لا تشعر
أنك وحدك في غربتك بلا يا صديقي كلنا هنا نشعر
معك بما تشعر، و نشاركك في كل تلك اللحظات
المؤلمة و أتمنى أن أهديك بعض من الطمأنينة مع
كل كلمة تقع عليها عيناك، و أتمنى أن يهدأ قلبك،
و تنعم بلحظات سعيدة.